ルーネベリと雪

タケイ・リエ

七月堂

ルーネベリと雪　目次

装幀　伊勢功治

ルーネベリと雪

ターミナル

かたむいた帰り道を
引きのばしながら歩いていた
そしてさらにゆっくりかたむいたあと
駅に着いた
駅ではないものを
探していたはずなのに
歩き続けたつまさきはまるく
そしてかたかった
旅先のできごとを
思い出させる街路樹があった

わたしはふりかえった
頭を垂れて祈った

祈ることと
折れることは
ぜんぜん違うけれど
そのときのわたしは
かなり折れていて
もうこれいじょう折れないように　と
街路樹に祈ったのかもしれない
樹木はやさしい顔をしている
撫でるような表情すら
みせることもある

時間がわからなくなるほど
熱っぽいものが

どろどろ溶けていた
まぶたのうえでくつくつ煮える
木の葉に
光がつぎつぎに産卵され
突風が吹くと
光は粉々に割れてゆく
割れながらきらきら笑ってみせる
たのしいことはかんたんに
きらきらと割れていった

たどりつかない物語の道は
とてもかたむいている
わたしはわたしを引きずっている
歩き続けたつまさきがまるくかたくなる
わたしはずっと駅にいる
もうすぐ電車に乗ることができる

そして軽々運ばれると思っている
街は薄墨を溶かしたようにぼやけて
背後にむかってどんどん滑る
ためらうことなく
流れ去ってゆく
ふるい言葉は
なめらかになめされて
やわらかい皮になる

おりがみ

目も耳も
もちろん　口も
うるおいを含まない
わたしたちが
「砂漠」と呼んだ
あらゆるものは「砂漠」で
茶碗の底だった

わたしと子どもは
沈黙をテニスボールにして投げあい

絵本のなかに隠れた
すると子どもが口をなくしたので
手足のない草花を摘んでみるも
骨の折れる仕事だった
もうやめよう
わたしたちは座った
「砂漠」は風呂敷をほどくように
さらんさらんと広がった

おりがみを
指先で折っていると
おりがみは空気を食べはじめて
小さくそよいでいた
「砂漠」では
おりがみの動きが
唯一のたよりだった

わたしたちに
人間らしい会話は困難だった

おりがみとして生きたのは
あおいつる
あかいあじさい
きいろいかぶとむし

すり鉢状になっている
茶碗の底は面白くない
「砂漠」から
はやく出たいと願うわたしは
真っ赤に怒って
血を流しながらぴょんぴょん跳んだ
どんなに跳ねても
砂粒が足うらに刺さるばかりで

わたしが果てると
沈黙はよどみをつくり
言葉の水は足もとに
空しい溜まりをつくった
わたしは休憩をはさみながら
なおも　跳ね続けていた

四千日ほど
過ぎ去っただろうか
わたしの手のなかにいた
あおいつる
あかいあじさい
きいろいかぶとむし
むっくりと起きだすと
わたしの手首をそろそろと伝い
逃げようとしていた

いま逃げられては困る、と
わたしは追いかけた
追いかけているうちに
かけていた眼鏡の色が
がらりと変わり
「砂漠」の外に出ている
自分に気づいた

茶碗の底だと思った
「砂漠」など
どこにもなかったのだ

ミーアキャットの子は年上の兄弟からサソリの狩りを学ぶ

図鑑を眺める。眠るまえのせかいはやさしい。だから、気がとおくなるほどたくさんのいきものが食べて食べられる世界を眺める。まよなかの、まんてんの星の下に無数の国。赤いろ。青いろ。緑いろ。夥しいかずの屋根の下で。多様なにんげんの図鑑もひろがる。おとことおんな。いつまでもあらそっている。食物連鎖に似ている。彼らの子どもがとうめいな目でじっと見る。うばいあう光景に慣れていないまなざしをしている。子どもの目は透かしたように美しい。

ミーアキャットの話をする。ミーアキャットの子は年上の兄弟からサソリの狩りを学ぶ。まず、サソリの味を覚えることからはじめる。それから毒のある尾を咬みきってあるサソリをつかまえる練習をする。そのつぎにサソリをつかまえる練習をする。この三つに合格したら自分でサソリの狩りをするのだという。この話はフィクションかもしれない。彼には兄弟がいないから兄弟がほしいという要求なのかもしれない。ミーアキャットは可愛いから飼ってみたいということかもしれない。わからない。あなたの考えている本当のことがわからない。

うまれてくるひとよりもしんでゆくひとのほうが多くなってきて、ようやくさしせまったと感じるなんて身がすくむような思いがする。わたしたちはいったいだれから、教わればいいのだろう？　いまこのことについてだれかとはなしあいたいのに、だれとはなしあったらいいのだろう。あなたの考えている本当のことがわからない。悩んでいたらみえない動物が近づいてきて、はなしが通じる言語を習えって言うの。それが愛情だろうって言うの。おかしいよね。いまからでもまだ遅くないんだって。本当に、覚えられるのかな。せかいはとても広くてプールみたいになってしまった。大きな水溜まり。あるいは、砂漠のようなもの。だけど、はだし、はだかでも、大丈夫なんだって。本当かな。本当なら、服を着ているのがじゃまになるかもしれないね。あなた、いっしょにぬいでくれる？　あなたがいっしょならわたしだってもう、こわくないんだよ。

ニコニコした魚の起源に浮かぶ酒のはなびら

玄関から揚がったことはありません
もともとそういう種類ですので
裏庭から堂々と釣り上げました

なまぐさい話をしたこともありました
しらふですが酔っていたので
つまみに困ったことはありません
山ほどのギャラリーに囲まれているような
気分だけ流れにわんさと乗って
桃色の桃がどこまでもどこまでも流れます

すこし向こうの川にはおおきなふねが
バスという名で流れていました
乗りあわせた人たちは酒を深々と呑んでいました

わたしたちが魚について知ることは何もなく
わらっている魚の腹を裂く道具も持っておらず
生きているのでたまに酒を酌み交わす
わたしたちには趣味があったから
青じろい電球の下で文字をなぞりあい
ホットケーキをつつきあい珈琲を飲んだ

くるった橋をわたってちいさな川を
ひとつまたぐとひとびとはちりぢりだ
ぬめるようなにおいのする夜が増えていた

すこし向こうの川で魚と遊んだこともあった
そのうち思い出すこともあるだろう
魚は電車に乗っているあいだ乾ききっていた
扇子であおいでやったら鱗が見事に剥がれた
死にそうな顔をしていても死にはしなかった
酒の席になると呑まなくても元気になった

コップの中を真っ赤な花びらが落下する
呑まなくてもそれは見えるのだ
投げ込んだのはもちろんわたしだ

わたしたちは魚がうまれたところが見たかった
川をさかのぼっても魚のふるさとはなく
なにもかも埋め立てられた跡だけがあって
ときどき靴底に砂が溜まっていることがあった
だから帰るところは砂の中かもしれないと思った

もともとそういう種類ですから

砂のなかで動きまわる魚は
シーラカンスに似ていて
ときどき花びらのような息をするだろう

レースの柄でかわいらしい
たたんでしまっておくと癖がついて
巻き毛の影をつくって刻印を押してくる
すべりこむときの重さがのしかかる
砂の匂いがたちのぼっては消える
鱗がふりしきる雨となり
わたしたちの顔にぱらぱらと降ってくる

みずくさ

光を帯びて粒々になった
景色は潰されて
遠くへと運ばれるだろう
ときは濾されて低く流れこむ
わたしの中にあるみずくさが
ゆらぐ音をなんども聞く

かたりぐさにするなら
まひるのことを話そう
ぬるま湯につかったままで

底に沈んでゆくひとの顔が
帆掛け船になって浮かぶ

なめらかになったみずうみは
過去の盆栽を縁に置いたまま
呼びだした声を溶かしている
ゆれるすいめんにしわよせて
筆を走らせるつかのまのあいだ
びっしりと育つみずくさ
あおあおとよろこぶみずくさ
あたらしい家に運んだあと
また筆を走らせる

みずくさの世話をしているあいだ
わたしは忘れているだろう
毛布をもういちまい欲しがったことも

からだをもうひとつ欲しがったことも
ゆるやかにすれちがっただれかと
手をむすびあったことも

根にふれる

リサ・ラーソンの猫が
毛を逆立たせる夜
額は　はげしく叩かれる
雨漏りをかぞえようとしたのに
「かぞえなくていいの!」
女の子は逃げだす
透き通ったからだで
裸足のまま逃げる

まいにち欠かさず

からだを洗っているの
叩いて
干される
あいだは眠っているの
カーテンがちろちろ揺れるあいだのことよ

緑の湧きたつ
ふかい森にまよいこみ
苔を踏んで歩くと
足音は吸いとられる
髪ゆれる音も
布がこすれあう音も
熟した木の実がぽとりと落ちる音も
ぜんぶ苔が吸いとって
きっとあたためてくれる

苔のひろがりに手を伸ばすと
緑は放射しながら広がって
そこから芽吹いてくるのは
種のたくさん詰まったからだ
あらって（きれいに）
つつんで（土のなかに）
還されたときは根にふれるほど
のびのびと息ついて
手足をのばしているでしょう

シロちゃん

これ困るんだよね、とラムネのびんを麻袋からとりだしたのは虹子さんだった。鈴を鳴らすように虹子さんが瓶を振ると、ビー玉は瓶のくちを通りすぎて公園のすみっこまでころがっていった。虹子さんに抱かれたシロちゃんがさっきから、ぺろぺろ舐めたり噛んだりしているのもビー玉で、シロちゃんがくちのなかで舐めるたびに大きくなっているようで、そろそろシロちゃんの頬、はちきれるんじゃないかと思われるほどに、どんどん膨らんでゆく。「ビー玉は、くちのなかでよく育つんだよ」シロちゃんは、ほこらしげにくちを動かしているけれど、頬にはちいさな穴が無数に空いていて、わたしは慌てて塞いだけれど、もう間に合わない。鞄のなかから、小花柄の絆創膏を貼ってみたけれど、やっぱりしゅうしゅう音をたてながら漏れていて、わたしは気もち悪くなる。「シロちゃん、空気、いっぱい漏れてるよ」虹子さんが、「そろそろ帰りたい」という顔をして手足が半分消えかけている。「ビー玉に、もう少し遊んでもらいなさい」そう言って虹子さんはゆっくりゆっくり消えていった。人の顔くらい大きくなったビー玉がはみだして頬も溶けかけているのにシロちゃんは頬を撫でながら、目を細くしたり、頷いたり呑気だった。わたしは、わたしの指のさきが腫れて痛くなったので見るとやっぱり、ビー玉になっていた。痛いので押してみた。まるくて、つやつやっとしている。いますぐに切りたいなと思う。「いまが辛抱どきだよ」シロちゃんは私の指が光っているのが、うれしいみたいだった。「葡萄みたい。かわいいね」シロちゃんはますます目を細めているけれど下顎まで溶けてなくなっている。ビー玉、どこにいったの、と訊くと「そんなの、とっくにあたしのあたまのなかだよ」撫でてごらん、と言う。紫色のそれを撫でるとぶよぶよとしている。それはわたしの指をしきりに吸うのだった。どうしてこんなことに、と言うと「そんなこと知ってるでしょ」黒目の奥がぴかぴか光って点滅をはじめた。またたきと同時におおきくなっている、と思った。みつめられると自分がちいさくなってゆく気がする。シロちゃんの白くてまるい手がちいさくなったわたしをすいっとすくいあげる。じっと見つめたシロちゃんはためらうことなく、くちのなかにまっすぐわたしを、放った。

熊の子ども

1（過去生）

昔の恋人の家に行った
子熊がふたり
ひとりは恋人だったころ生まれた
「ふたりめはいつ生まれたの」
たずねたら「さあね」と男が言う
子熊の目のなかに星がある
星はいつもわたしを追いかける

走っているうちに階段がみつかり
空気に押されながら昇ってゆく
わたしの子におみやげを買うため
海辺へと向かった

海辺でみつけたすてきな商店で
小さなおみやげを買ったあと
また脇道にそれてしまう
とてもながい梯子をのぼって
まっしろな建物の屋上を歩いていると
不意に強く吹いた風にとばされあっけなく落ちた
落ちてゆく途中に緑のふかい空中庭園があった
これでいつも命びろいしてきた

がたん、ごとん。

落ちたところに居合わせたのは熊の子だ
抱きあげるとわらう
あなた、わらうのね
やっぱり目のなかには星がある
どうしようもないほどの
あなたたちのかたまり
星をつくっているところへ
わたし落ちてきたのね

男が千回求めてきた
千回目に断った
すると男はひるがえり
「二度と会えると思うな」と言った
それからわたしひとり
奥ふかい山に帰って
木こりのように暮らしていた

情けぶかい樹木たちは言うのだった
「叙情と欲望はべつもの」
「狩りは男のならい」
「頭からつまさきまで食べよ」

熊の子どもが現れて跳びあがる
高い天井にぐんぐんむかってゆく
子熊はごおん、とぶつかる
リズミカルな音楽が鳴り響く
それからすとーんと落ちる
子熊は遊んでいるから
落ちても落ちても死なない
子熊だから死ねない
わたしは子熊に同情しない

2 （来世）

しっとりとした知らない町に暮らしている
知っているひとがたくさんうまれて
知らないひとが少しずつ死んでゆく
立ち会うときいつも雨が降った
降りだす雨には濡れたくない
泣いているのは町のすべてだ

知っているひとに話しかけてみる
このひとはずっと病んでいて
よじれた毛糸のように忙しそうだった
走りさる時間に乗っかるひと
乗せられて降りられなくなるひと
降りるひと　降りないひと

海辺の村の港につながれた
他人の船で酔うひと
それで甲板にしがみつくひと
知っているひとは混乱したまま
「海に落ちるのだけは、いや」と言った

そろそろ新しい家を建てようと思う
知らないひとが言う
いっしょに暮らさないから
「すてきな家になるといいね」って言う
わたしが借りている部屋は
雨の日に床がずずずっと浮いてくる
だから部屋に穴を掘って乾かす
土がむきだしになると床は乾きだす

部屋を干している夜は

おおきな指にゆるめられる
暗いので目が慣れない
紙のようにうすい夜
紙のようにうすいわたし
床にあいた穴を覗きこんで
星をさがそうと思いつく
星はみつからず
熊の子どもの目がみつかる
もうしぶんのない透明度で
瞳が滲むので
わたしもゆっくり滲みはじめる

飛田

ここから飛ぶのは簡単なことでしょうか
あなたから見える景色はいつでも濡れているので
雫がしずる夕暮れにたわわな瘤ほどに赤らんだ膝を並べていました
皿のうえから挨拶をしても本当によかったのでしょうか
あなたからこぼれることで種になる思い出が膨らんできて
座布団がピンク色に染まるまで涙ぐんでみたり舌を出したりしました

観光地の商店街には背もたれがありません
りんごの輪郭をなぞるように私の頬も撫でられています
あまたの引く手をかいくぐるようにしてここまで来ました

坂道をころがっていると高層住宅を通りすぎてさらに路地を越します
ようするに引きずられたり引きぬかれたりせわしないということで
後ろ髪を撫でる風のようでありたくて「涼しい」とたまに言っています

趣味は家庭菜園ということになっています
あなたから求められる時間は分刻みだったと記憶に残します
フォーマットはなめらかに行われデリートもすみやかでした
立ち上がるときの音が少し軋むのでまた使えるように油でもさしておきます
露出が多すぎるときは注意ぶかく膝を組みかえます
たましいが裏返ってはいけないとひとに言われたのも今は昔です

にほんごを使って夢を見る場所はいろいろとありますから選べます
考えないほうが楽しいのは生活から離陸している証拠でしょう
煙といっしょに高いところに昇っていくような心持ちでした
かるいというのはきっと中身を捨てていく、ということです
すっからかんになっているあなたを並べて焼いてくりかえします

ときどき目が黒くなると安心して食べられると思ったことも記しておきます

沼周辺

かどのないまるい家のとなりには沼がひろがり夕暮れが溶けている。葦のくきは首が折れて水面をミズスマシが波紋をくりかえしくりかえす。どこにでもある家の玄関前にはガレージその塀越しにみえるぽっかりとした黒い闇。闇が腰をおろして深い息をはじめるように夜がはじまる。国道が渋滞をはじめる夕暮れになると沼地と夜は共犯する。駐車場を埋める車からゆるり降りてきたひとかげはゆらゆらとかどのないまるい家のなかにすいこまれてゆく。あかるいひかり。うたがいのないあかるいひかりがもれてくる。なにか焼けるにおいがそこかしこからしてくる。窓ガラスがにじむ。沼地はしんとしたまま耳をすましている。山々の稜線は境界線を失いかけている。ひかりは窓を降りて溜まる。あたたかくてあかるいひかりのもえる部屋はいくつもある。沼地のまわりは火を焚いたようにあかあかとしてしずか。そしてそれはかわいそうなくらいにあかるい。かどのないまるい家のとなりにある沼地はもうこれいじょう広がることはないけれど波紋はくりかえしくりかえし広がっている。ミズスマシあるいはアメンボの波。夜が沼地にもふかく腰をおろそうと近寄ってくる。かどのないまるい家のとなりにもかどのないまるい家がならんでそのとなりもまたかどのないまるい家がつづいて果てしない。旅のように家がならんでいる。おなじような顔をしたかどのないまるい家からもれるひかりは夜にはすっと溶けるけれども沼にはけっして溶けない。ひとかげが沼のそばにすっと立ってなにかを捨てた。ひとかげはふりむきもせずにかどのないまるい家のなかにすいこまれてゆく。あかるいひかりのほうへ。水面はしばらく波紋を呼んでやがてまたなにごともないようにしずまる。またひとりのひとかげがあらわれて両手で沼に放って息をひとつ吐く。それからかどのないまるい家に向かう。どのひとかげもずるずるとひきずっていたものを沼に投げるからひかりにむかうときのあしどりはとても軽い。

錦鯉

爪をたてると堀のあとが
つぎつぎ生まれるのでおもしろい

「ぐるりとした堀のなかで、うたう恋をしよう」
あなたは言うので
「いえす、さあ」
わたしは答えた

うたをわすれる夜がくると
おそろしいくらいに雨が降った

うろこがもげてゆくことを心配したが
最初からそういう病だと決まっていたのだろう
やがてすべてのうろこがもげおちて
わたしたちのうたもおしまいだとわかった
さいごの一枚はお煎餅に似ていたので
じゅうじゅう焼いて食べてしまった
しょっぱくてあまくてよい味だった

それからふたりでなめらかに肉をたべた
ゆっくりゆっくり肉を噛むと
ばらばらになったふたりの色が
滲んだまま生きるのだった

堀の跡に引かれる水のにおい
ながれる音さらさらと
またたきと五色のひかりが満ちている

山鳥

「猟犬を放して、ひよりの良い日に、山鳥を撃ちに行こうよ」

からだからいっせいに猟犬を放ってそれが
弾丸に変わってゆくときのきもちよさが
あなたにもわかるだろうと言われてもわからないのです
わたしはどちらかといえば山鳥なのでわからないのです

撃ち落とした山鳥から内臓をずるずるずるずる引きだして
猟犬に食わせることなどなんでもないとあなたは言います
でもわたしはどちらかといえば山鳥なので賛成できない

百舌鳥がはやにえのショウリョウバッタを食べ損ねては死ねないように

デミグラスソース色の肝臓がしくしく痛むころには手おくれです
山を下りるけものみちはうずまきなのに目が回らないふしぎ
猟犬の首で鈴は鳴る鳴るちりんちりんとエノコログサ撫でて
猟犬が暴走するたびになぎたおされているのはわたしです

あらい息がしっぽを振ってさよならするとき
山裾でちりぢりにちぎれた山鳥のしだり尾は
たとえばあと千年先で待っていてくれますか
猟犬は首輪をしたまま生涯を終えると聞いたのですが

山ふかく走る猟犬たちの目がキラキラしている昼さがり
しろいけむりがいくすじも流れてくるのをじっと見ていた
春よりもあたたかい血のにおいがずっと消えないことを知って
うれしいようなうらめしいような気になるのはどうしてだろう

みとりとみどりと

ミルクジャムと唇
蜜柑のとろける舌
なによりも恋しかった
渇かぬ根をはりめぐらし
乳をとつとつ漏らしていた

あらしのまえにみんなを抱え
黙々とかくれ
ぬくぬく育ったみどりのなかを駆ける
完熟ライム

あまいにおいの夜
窓は濡れて意味を灯した

温度にふれる
みみべりをすべる
枝のおもしろさを手折って
肌と話しあった
ゆびがゆるりほどけ
ひとりでもふたりでもおなじあかるさ

みじかい春の
影はすっかりうすく
みとるために
撫でるうち熟していった
てのひらのなかの小夏
すっぱりきれいに切って

しずくのしずる身
のびるものをからめ
葉のかたちもろとも
寝ても覚めても
ほろほろ崩れても
しんとした地面にひろがる蜜

ひとのかたちをとどめて
かろうじて爽やか
爽やかにゆれている枝、きりりと
樹木の生涯
ときどき涼みにゆく
ときどき抱きにゆく

はるかの蜜

線を引くひかり
せとぎわに降りてくる日光浴
ふわふわの綿花
せとかの蜜のにごりと種
越境する朝

目に青く実れども
結い不在
糖蜜のざらざら
すりよった霜の溶けだし
樹木にとどまる
ちぎれるほど咲いた白い花

ゆうぐれ

くろずんだ鼻先に誘われてゆっくり窓をあけた
西から降る雨がひろがるのをじっと見ている
まるい点の思い出は　傘のようにくるくるまわる
もっとまじめに雨を降らせたらずっと好きだったのかな

でも　好きってなんだろう　思いだせないな
いつでもどこでも触れあうたましいどうしが
なんとなく連れあっていたことかもしれない
あいまいに馴れあうことを暗黙の了解として

しあわせはいつも花のようにひらきますように
どうしてうしなったかわからないまま日が暮れて
ゆうぐれにかこまれたきんもくせいの葉は濃くて
むかいあわせの公園では子どもたちが遊びつづける

いちごのようにふくらんでそだつむすめになって
かずかずの風をちいさくまるめて投げてぶつけたい
きりたった崖のせなかにいくつも投げてぶつけたい
かどのとれた佇まいですごす　おだやかなゆうぐれ

やみのせまるなか雨が降りどこかでけものがひとつ鳴く
いつか豆腐みたいに白いマンションで暮らしてみたい
ひとりでもひとりでなくても　ただしく折り畳まれたい
かどのとれた佇まいですごす　おだやかなゆうぐれ

いろいろのいろ

うるんでもうるんでも優しくないゆび
中ゆびと薬ゆびを頬にひろげて
頬ぼねから外へ桃いろのくりいむを
じんわり、ひろげてゆく
じゅわじゅわと血がのぼる
しゃんぱんのあわのようにのぼる
そこに、光のない粉をまろやかにのせる

地眉よりも明るいいろを
まっすぐになるよう

欠けた、ぶぶんを埋め
みじかければ足してゆく
毛並をブラッシングする
つよく、まっすぐに

荒れていれば蜂蜜をなめ、なだめ
ふかいふかい臙脂いろを小ゆびにとって
くちびるのまんなか、りんかくにむかって
ぽんぽんと、なじませ
光のない粉をぶらしでひとはけのせ
りんかくのくの字に肌いろのペンをのせて
口角の影をゆびでかるくなぞって、消す

額にかけない前髪を
ひくい位置で、むすぶ
毛をひきだしてふくらませる

耳うえの毛もひきだして
いろをつけて耳にかぶせる
そして、猫のように視線をぴんとたてる

いま、ここにしかいないわたしの
爪の呼吸もさまたげない
いま、ここでしか出あえない
ちくちくしない可愛いできごとも
完ぺきすぎないことがたいせつなの
ちょっとだけ雑草が生えているくらいが
居心地のいい庭、みたいに

遠い国

消えていったある日のことをいつか思いだすことがあれば
ひとのたましいはわたしたちの肩に乗って移動することも書き留めておきたい
夏は太陽が沈まず冬は太陽が昇ることのない国にあのひとたちは行く
クローバーやノラニンジンなどの植物柄に埋め尽くされた思い出といっしょに

シナモンロールを毎朝コーヒーといっしょに食べるのは体を温めるためだ
わたしはこの組み合わせはまるで麻薬みたいだとおもっている
こんな朝が毎日やってくることをずっと祈っていたらあっさり叶ってしまった
生きるために死んだふりをしていた日々を噛んでのみこむと腑に落ちてきた

わたしたちがずっとおしゃべりできるなんて誰も予言してなかったけれど
ずっとまえから決まっていたことのように一脚の椅子に座っている
お金がないときこそよいものを買って死ぬまで使おうって決めたから
椅子はわたしに寄り添って生きてきたしわたしも生きることができた

ふわふわのシフォンケーキを焼けるようになって夢からやっと醒めたんだ
今だって死んでいったひとたちのことを思いながらもったりと卵白を泡立てている
口があってよかったね　喋ることも食べることも不自由がなくてよかったね
プルーンのコンポートとラズベリーのジャムが唇についているのはぬぐっておいてね

まだ暗い朝に目覚めると枕のなかにいれた小さな袋から植物のにおいがする
消えていったある日をおもってどうしようもなくて祈ることばかり続いていたけれど
麻のシーツだけはいつでもやわらかくてざらざらして暖かかったことを覚えている
雨が降っている音を聴きながら固まっていたわたしが遠い国のわたしになってゆく

らとびあ

うたいおどる夜をいくつも飛び越えてきたよ
つないだら透きとおる指を折って
冬はおわりを告げるだろう
樹液のにおいが混じった空は
黒いライ麦パンを食べたくなる空だ

きょうも曇って滲んでいるのに
笛を吹くと鳥が寄ってくる
麻のクロスが皺ひとつなく敷かれ
土でつくった器がテーブルにならんで

かわいい人びとが椅子に座っているから

お祝いとお祭りがやってくる
赤い野菜と白い野菜を買うために
朝の市場にやなぎの籠を持って出てゆく
花と蜂蜜とハーブも忘れないように
風習を身にまとう人びとに紛れる

うたいおどる夜をいくつもやりすごしてきたよ
つよい腕とつよい言葉に傷ついた夜も
湿地帯のように草で覆われた日々も
はためく旗からあらわれるのは
あら波にさらされてきた絶景だ

ルーネベリと雪

ピンク色の空を見上げる
雪にすっぽりおおわれた木々が
ふしぎな生き物のように立っているので
わたしは身動きをとめ　彼らをみつめる

北緯六十六度三十三分　サンタクロースの街
窓につく雪の結晶から音楽が鳴っている
ガラスのつららが屋根から下がる
わたしのこころはラップランドの玄関口に立つ

いつもちょうどよい暖かさのわたしたちの部屋で
ジンジャークッキーを砕く
それから　ルーネベリタルトを焼くのだ
ラズベリージャムとアイシングをのせて仕上げる

一年のほとんどを氷と湖をながめて過ごす
トナカイや雷鳥　熊の料理も美味しい
木のおもちゃ　毛糸の帽子　靴下　絵本
冬でも赤ちゃんを屋外で昼寝させる（よく寝ます）
マイナス十五度まで大丈夫です（ほんとうです）

十一月の終わりに世界は雪
街は雪をしっかりと抱きとめる
世界が雪を抱きとめるので
雪もたえまなく降り積もる

雪のなかであそぶために
こどもたちは懐中電灯を持つ
トナカイのそりに乗ったら
雪の女王の宮殿に連れていかれるでしょう

まじめに働いて　いつかきっとオーロラを見にいこうよ
世界中が雪にすっぽり覆われていても
わたしたちの部屋は　どうか
ちょうどよい暖かさでありますように

かわいく包まれて

てざわりのよいあなたをえらんで
静電気が起こりやすい季節に備えています
もう二度とはじけたりしないように
シュロのたわしですべてをきれいにしています

ロシアのミーシャと長く踊っていたけれど
てざわりのよいあなたの唇をさわった手が
こころにもからだにも無い場所を求めて
蔵前まで散歩したくなる七月です

吾妻橋をわたって志乃多寿司をめざします
いなりずしとかんぴょうの海苔巻き
てざわりのよいあなたといっしょに
いくつ食べようかとひそかに悩んでいます

あなたは海と山のいきものに似ていたから
心をこめてわたしをしみこませたいのです
いつでもお届けできたならうれしいのです
昔ながらのすきな場所でくつろぐみたいに

暮らしにすんなり溶けこむことが夢でした
でも　夢はお昼過ぎには売り切れてしまうから
わたしも少し急いでいるのかもしれません
死ぬまでかわいく包まれていたいなら
てざわりのよいあなたがひとつあればよい

収監マーガレット

わたしたちの上半身には
マーガレットの印がある
濃紺セーターの胸に刺繡
臙脂のネクタイにも刺繡
校章の内側から
花弁が開きはじめる
雨ふりの朝は教室で
セーラー服の上半身
下半身はジャージの
獣になる

足首から散りはじめるマーガレット
冷える季節は　ひざ掛けを民族衣装のように腰に巻き
雪にも負け　夏の暑さにも負けて
自前の丈夫なカバンを持ち
（指定バッグは小さすぎてなんにも入らない）
声は大きく　気も強く
褒められもせず　苦にもされず

トイレ掃除をしてくれるすべてのおばさんたちへ
いつもきれいにしてくれてありがとう感謝します
そのへんのホテルなみにきれいでいつも快適です

クラスメイトに意外とギャルは少なめ
とてつもなく清楚で可愛い子もいるけれど
笑い方がきたなくて　机たたいて手もたたく
ひっくりかえってげらげら笑う

若い女の先生は　いけ好かない
若い男の先生も　ぜったい泣かす

特進クラスは早々に
隔離校舎に移された
一階で群れ続けるわたしたちを
マーガレットが見下ろしている

あじさい寺

朝から夜まで
街でも
会社でも
上流から下流へと
人びとが流されてゆくのを見る

六月
亜熱帯化した国の
はげしい雨は
アジサイの花を

たたいてゆく
雨がふるたびに
花のいろは
深まってゆく

あじさい寺で
アジサイを見る
この寺独特のヒメアジサイは
日本古来の品種であり
梅雨時の寺には
人びとが流れこむ

休息の日曜日も
人が滝のように流れて
有名なアジサイを見ている
上流から下流まで

あつまった人びとの
濁流からはずれて
人のいない
場所をさがしにもどる

昔から知っている
ありふれたあの部屋の窓から
まだ　だれも見たことのない
アジサイが見えるはずだ

飯田橋から誘われる

飯田橋のあたらしい茶の店に誘われる
せまい階段を昇った
砂時計の砂を落とし
茶葉が蒸れるのをしばしまつ
砂が終わった
急須を傾けると
糸のような数滴が落ち
その後は何もでてこない
街の上流から人が流れてくる

帯状の光と影にくるまれてとてもきれいだ
どうしてもおもいだせない名詞があって
浮かせた足でたたく力が欲しかった
すこしすすんだら　助かった
ひとすじのひかりをまぶたにつよく引いて
生きなおせるひとたちがいる
はやく死にたい　とか
もうすぐ死ぬ　という
二十世紀に使われた言葉がまだ生きていて
今　いっしょにお茶をのんでいる

話のつづきにあいのてをいれて
鳥のたまごに似たものを温めようとする
ひとのこころにそっと触れてみても
感触がよくわからない
だから

ときどき不意打ちのようにやってくる
死へのさりげない誘いについても
偶然の出来事のように
わたしたちは話す

しっとりとした茶葉を箸にとり
お浸しを食べるように口にはこぶ
窓の向こうではビル群が
黒い糸屑になって集まっている
うちに帰る私たちは
それぞれ電車にのみこまれ
地下を走り回る
それからどこかの駅のホームに吐き出され
ひとりずつ地上に戻ってゆく

甘いゼリー

夏がやってくると
くだものの
あまいしるに
砂糖とゼラチンを入れて
冷やす日がふえる
透明ないれものは
八分目ほど満たされる

わたしのなかで
ひとが子どもに戻って

せかしはじめる
騒がしい声をなだめ
底にふかく沈ませる
平日の午後三時

掬いあげると
水分をふくんで
とろりとかたちを崩すもの
舌ざわりにおどろいて
のみこむのど
しだいにうるおって
よく知っているひとが
はいってきたようで
なつかしくなる

夏はふくらみはじめ

ひとは
ひと肌に触れないと
ひからびてしまう　から
せまいからだのなかに
甘いゼリーを溜めたがる

声のもと

ときをうつ空気のふるえ
わたしたちを眺める
死者たちは
半透明のからだを
地面のなかに隠している

雨はほろほろと降りつづいて
十年　百年　千年
草木の繁殖は止まなかったので
石を刻む緑も

ますます深まった

水蒸気が立つと
雨のなかに群れるひとたちが
見える
霧に身を溶かし
山に帰ってゆく

声のもとは
土のなかから生まれ
すんだ骨の声をひびかせ
朽ちてしまったことも
おそれない

木霊と鏡

野菜の鮮度をたしかめるように
朝ごとの顔を目で触ってゆく
（顔いっぱい新芽が吹いてじゅうぶんに
　　　　　育った子どもの喉仏をみる）
今日の予定は？　「友達と映画とおべんきょう」
晩ごはんどうする？　「一緒にたべる」
（わたしたち木霊のようにひびきあい
　　　　　すっ、と離れる朝の食卓）

土曜日の都会では男女が狩りに出かけていて
なかには知っている人もちらちらと混じっている
（連れだって狩りにでるのは楽しかろう
木陰のカフェで休む夫婦は）

ホラー映画ではないかと思うほどに
日々を暮らす男と女の顔はだんだんと似てくる
（遺伝子をどこかで深くさぐりあう
関係性は鏡のように）

たよりない暗闇

早朝の公園と地平線
太陽の気配が濃くなるころ
はしる人たちに混じりあう

（土を蹴る音、ざくざく）

耳のなかで穴を掘ってゆく
手のひらに汗を感じながら腕を
おおきくふるとき
目のまえに躍り出てきたふたつの影

じゃれあいながら駆けてゆく
すらりと背の高い父親から距離をたもって

樹々のあいだを駆けはじめると
目の中を煙が流れてゆく
煙をやりすごす公園の木立のなか
たよりない暗闇がぽっかりと口をあけていて
目のまえになつかしい家が現れる
そして火の手をあげはじめる
家族と家は焼きつくされ
やがてくずれおちて
雨と雪と霙に消されたと思っていたのに

わたしの知らない子どもたちは
切り株のうえを跳ねて
くるくると回転しながらもつれたつま先の

あやうさもたのしむように
父親のあとを追う
背中には白く光る羽をつけて

タケイ・リエ
岡山県生まれ
詩誌「どぅるかまら」「ウルトラ」「Aa」同人
詩集「コンパス」（ブロス）
「まひるにおよぐふたつの背骨」（思潮社）

ルーネベリと雪《ゆき》

二〇一八年九月三〇日　発行

著　者　タケイ・リエ

発行者　知念　明子

発行所　七　月　堂

〒一五六―〇〇四三　東京都世田谷区松原二―二六―六

電話　〇三―三三二五―五七一七

FAX　〇三―三三二五―五七三一

印刷　タイヨー美術印刷

製本　井関製本

Printed in Japan

ISBN 978-4-87944-335-9　C0092